Umarme die Liebe

Hans Kruppa

Umarme die Liebe

Gedichte

Schneekluth.

Herausgegeben von
Hans Christian Meiser.

Besuchen Sie uns im Internet:
www.schneekluth.de

ISBN 3-7951-1829-8

Ein Unternehmen der Verlagsgruppe Droemer Knaur
Umschlaggestaltung: ZERO Werbeagentur, München
Gesetzt aus der Bembo 10/13 Punkt
Druck und Bindung: Clausen & Bosse, Leck
Printed in Germany

Inhalt

Vorwort

Die Liebe ist der höchste Reichtum des Menschen, das schönste Geschenk, das er zu vergeben und zu empfangen hat – und seine größte Chance, die verborgenen Wunder des Lebens und der eigenen Seele zu entdecken.

In einer Zeit, in der viele Menschen Vertrauen für ein Zeichen von Naivität halten und Liebe für eine Garantie, verletzt zu werden, sind Skepsis und Gefühllosigkeit allgegenwärtig, und die Angst sitzt tief. Sie ist das größte Hindernis auf dem Weg ins Vertrauen – in den anderen, ins Leben, in sich selbst. Sie ist das Gift im Brunnen des Mutes, die dunkle Wolkenwand am Himmel der Zuversicht, die schwere Last auf dem Rücken der Hoffnung.

Die Angst hat etwas Abschreckendes, und dennoch folgen ihr so viele Menschen, machen sie zu ihrer intimen Ratgeberin und lassen sich von ihr immer wieder hinters Licht führen.

Die in diesem Buch vereinten Gedichte loten das vielschichtige Spannungsfeld zwischen Liebe und Angst aus und lassen es erkennbar, fühlbar werden, indem sie aus den unterschiedlichsten Blickwinkeln Licht in den dunklen Bereich eines Urkonfliktes der menschlichen Seele werfen, die sich

ebensosehr nach Liebe sehnt, wie sie sich vor Verletzungen und Enttäuschungen fürchtet.
Sie spüren die Suggestionen der Angst auf, mit denen sie der Liebe zusetzt, aber sie offenbaren auch ihre Schwächen in der Konfrontation mit Mut, Vertrauen und Zuversicht und bieten vielfältige Betrachtungen, Erklärungen und Deutungen der ewigen Unvereinbarkeit zweier großer Gefühlsmächte.
Da uns das Leben oft vor die Frage »Liebe oder Angst?« stellt, werden viele Leser in diesem Buch ihre eigenen Empfindungen und Erfahrungen wiederentdecken, aber auch neue Erkenntnisse gewinnen, andere Perspektiven erleben und sich vielleicht motiviert fühlen herauszufinden, wieviel Macht die Angst über ihr Gefühlsleben besitzt und wieviel Mut und Vertrauen in die Liebe sie dieser Angst entgegensetzen können.
»Umarme die Liebe!« ist mehr als nur eine Ermutigung, es ist eine Lebensphilosophie in drei Worten – und die Einladung zu einer poetischen Reise, die vor der Tür der Angst beginnt, sich ihren Hintergründen stellt, ohne die Sehnsucht und Hoffnung zu verlieren, bis sich der Zauber der Liebe im Erleben des Glücks offenbart, sobald die Reise im Raum des Lächelns endet.

Von allen literarischen Gattungen ist die Poesie am besten in der Lage, Gefühle zu vermitteln, und wenn das Leitmotiv eines Buches die Gegensätzlichkeit zweier elementarer Gefühle ist, können Gedichte dazu den direktesten, natürlichsten und lebendigsten Zugang finden.
Wer über Gefühle spricht, muß Gefühle sprechen lassen.

Hans Kruppa

Vor der Tür

Vor der Tür

Wir kennen uns nun
schon so lange
und kennen uns
doch kaum.

Es ist, als würden wir
wie angewurzelt
vor der verschlossenen Tür
unserer Möglichkeiten stehen
und darauf warten,
daß sie von selbst aufgeht.

Doch sie wird sich nur öffnen,
wenn auch wir es tun.

Schlechte Gastgeber

Sind wir nicht oft
schlechte Gastgeber,
wenn die Liebe uns besucht?

Wir gießen ihr unsere Ängste ein,
servieren ihr unsere Zweifel,
zeigen ihr unsere Narben,
unsere zerstörten Illusionen,
unsere bitteren Enttäuschungen –
und werfen ihr vor,
daß sie schon so oft
unser Herz gebrochen hat.

Und dann wundern wir uns,
wenn sie aufsteht
und uns mit traurigen Augen verläßt.

Schwellenangst

Immer,
wenn die Tür ins
Ungewisse sich öffnet,
verschließt sich deine Seele
und zieht sich zurück zu dem,
was sie kennt
und für sicher hält.

Ihre Schwellenangst
läßt dich versäumen,
wonach du dich sehnst.

Du solltest ihr Mut machen,
sonst versäumt sie
erneut das Entscheidende.

Mauerwerk

Du redest so viel,
um die Hilfe des Lauschens
nicht annehmen zu müssen.
Du schützt dein Elend
vor dem Zugriff der Heilung.
Du bemutterst deine Ängste
und verbietest dir
den Umgang mit der Liebe.
Wer seine Hände
nach dir ausstreckt,
berührt Mauerwerk.

Wer zu spät kommt

Als ich dir die Tür
zu meinem Herzen
weit geöffnet habe,
hast du ängstlich
und zweifelnd so lange
vor ihrer Schwelle gewartet,
bis sie sich schloß.

Nun höre ich dich
klopfen und rufen,
aber ich könnte dir
nicht mehr öffnen,
selbst wenn ich es wollte.

Wer zu spät kommt,
den bestraft die Liebe.

Zuviel

Was fehlte dir noch,
um zu erkennen,
was offensichtlich war,
um zu spüren,
was sich nicht leugnen ließ,
um zu verstehen,
was sich von selbst verstand?

Nein, dir fehlte nichts.
Du hattest zuviel –
Angst.

Zu spät?

Als die Liebe
an deine Tür klopfte,
riefst du: »Herein!«

Als sie die Tür
öffnen wollte und feststellte,
daß sie verschlossen war,
riefst du: »Ich komme gleich!«

Als sie ungeduldig wurde,
riefst du: »Bitte warte noch!«

Als sie gegangen war,
hast du die Tür geöffnet.

Wenn du dich beeilst,
kannst du sie vielleicht noch einholen.

Überzeugt

Ich habe oft an dich gedacht,
habe mir viele Fragen gestellt
und mich in Geduld geübt,
habe den Glauben an dich verteidigt
gegen deine Widersprüchlichkeit,

bis du ihn mir genommen hast
mit dem überzeugenden Argument
deiner Angst vor dem Wunderbaren.

Zustände

Wir verwehren uns
den Zugang zueinander,
weil wir uns
besser helfen könnten,
als unseren Ängsten lieb ist.

Wir nennen
unser Mißtrauen »gesund«,
obwohl wir längst
an seinem Gift erkrankt sind.

Gebrannte Kinder,
scheuen wir das Feuer
schon von weitem –
auch wenn sich Frost
auf unsren Seelen bildet.

Eismenschen –
stumm stehen wir
auf der Winterseite des Lebens
und hoffen auf die Wärme,
um die wir uns betrogen haben.

Das Leichtere

Es ist leichter zu denken
als zu fühlen –
leichter, Fehler zu machen,
als das Richtige zu tun.

Es ist leichter zu kritisieren
als zu verstehen –
leichter, Angst zu haben,
als Vertrauen und Mut aufzubringen.

Es ist leichter zu schlafen
als zu leben –
leichter zu feilschen
als einfach zu geben.

Es ist leichter zu bleiben,
was man geworden ist,
als zu werden,
was man im Grunde ist.

Gefühlscourage

Eine Liebe ohne Mut,
ohne die Fähigkeit,
sich in schwierigen Situationen
zu beweisen,
darf nicht mit sich zufrieden sein,
denn ihr fehlt etwas Wesentliches:
Gefühlscourage.

Wenn Angst
im entscheidenden Moment
die Liebe lähmt –
was ist sie dann wert,
wen kann sie überzeugen?
Eine Liebe,
die sich zurückzieht,
wenn es hart auf hart kommt,
ist feige –

mutige Liebe
überwindet die Angst.

Ungestellte Fragen

Du paßt auf dich auf.
Dein freundlich lächelndes Gegenüber
könnte ein Bandit der Liebe sein,
der nur nach deiner
schwächsten Stelle sucht,
um sich die Arbeit zu erleichtern.

Du hältst dich zurück.
Hat man nicht oft genug
auf dich gezielt,
wenn du aus deiner Deckung kamst,
um dein Gesicht zu zeigen?
Hat man nicht oft genug
deine Gefühle ausgebeutet,
wenn du sie aufgeschlossen hast –
dem vermeintlichen Wunder?

Du hast gelernt
aus den Erfahrungen der Jahre;
wer dich verletzen will,
sagst du mit fester Stimme,
der beiße auf Granit –
und dein Blick wird hart.

Ich wage nicht zu fragen,
ob du vielleicht
mit großem Aufwand nur
ein leeres Herz bewachst.

Grün war meine Hoffnung

Ich hatte gehofft,
du seist tief,
doch tief an dir
war nur die Angst
vor der Tiefe.

Ich hatte gehofft,
du seist wahr,
doch wahr an dir
war nur die Angst
vor der Wahrheit.

Grün war meine Hoffnung
hinter den Ohren,
bis ihr schwarz
vor den Augen wurde.

Eigentlich

Eigentlich bist du unfrei,
weil du Angst hast vor Gefühlen,
die du nicht kontrollieren kannst.

Eigentlich bist du unglaubwürdig,
weil dein Verhalten und deine Worte
zwei verschiedene Sprachen sprechen.

Eigentlich sehe ich
keine Chance mehr,
seit ich gesehen habe,
wie du mit Chancen umgehst.

Was ich nicht will

Ich habe dir die Tür
in mein Leben geöffnet,
doch du bliebst wie angewurzelt
auf der Schwelle stehen,
als wüßtest du nicht,
was du willst.

Nun habe ich
die Tür geschlossen
und werde sie dir
nicht mehr öffnen,
denn ich weiß,
was ich nicht will.

Willst du das?

Willst du wirklich
eine Mauer zwischen uns bauen,
die immer dort stehen wird?
Willst du wirklich
etwas so Wunderbares
einfach aufs Spiel setzen?

Wenn du es wirklich willst
und wirklich tust,
werde ich an dir zweifeln,
vielleicht sogar verzweifeln.

Und wir werden
einen Schatz verlieren,
ohne zu erfahren,
wie groß er war.

Du weisst es

Du weißt,
wie wertvoll wir
füreinander sind –
oder hat deine Angst
dein Wissen ausgelöscht?

Du weißt,
daß wir einander
aus der Seele sprechen –
oder hat deine Angst
dir das Gespräch zwischen
unseren Seelen verboten?

Du weißt,
daß du mir vertrauen kannst –
oder hat deine Angst
dich schon davon überzeugt,
daß ich dich nur enttäuschen werde?

Innerer Kampf

In mir kämpfen meine Angst
vor deinen Ängsten
gegen mein Vertrauen
in dein Vertrauen schon
seit Tagen gegeneinander.

Heute hast du dich
ängstlich auf die Seite
meines Vertrauens gestellt,
aber das hat den Kampf
nicht entschieden.

Wir haben eine schöne
Entwicklung gestört oder zerstört.
Gestört – wenn das Vertrauen siegt.
Zerstört – wenn die Angst gewinnt.

Noch ist alles offen.

Als dein Mut versank

Ich habe dir
meine Hand angeboten,
doch du hast
sie nicht ergriffen,
als dein Mut versank
im Treibsand deiner Ängste.

Denn ich war
ein Teil deiner Ängste,
die mein Lächeln
zu einer Fratze verzerrten.

Hab keine Angst

Ich habe nichts erwartet,
und es geschah etwas Gutes.
Ich habe mich auf Gutes gefreut,
und es geschah etwas Schlechtes.

Ich erwarte nichts mehr von dir.
Was ich dir sagen mußte,
habe ich dir gesagt.
Wenn dein Vertrauen siegt
und dich zu mir führt,
werde ich mich dir öffnen.

Wenn deine Angst siegt,
wird sie dich überall hinführen,
nur nicht zu mir.

Sei mutig

Sei mutig
und sei ehrlich,
vor allem zu dir selbst.
Laufe nicht zu sehr
der Sicherheit hinterher,
suche lieber
den Sinn deines Seins –

sonst vergehen deine Tage,
deine Monate und Jahre unerfüllt,
und du wirst sterben,
ohne wirklich gelebt zu haben.

Die Liebe bewegt uns

Wenn die Liebe an die Tür
deiner Seele klopft,
und du ihr nicht öffnest,
mußt du dich ernsthaft fragen,
warum du überhaupt lebst.

Wer sich vor der Liebe
fürchtet und feige versteckt,
anstatt sich ihr zu öffnen
und mutig mit ihr zu gehen,
erstarrt und verödet innerlich,
denn die Liebe bewegt uns,
und nur in der Bewegung
bleiben wir lebendig.

Hintergründe

Hintergründe

Hinter deiner Härte
verbirgt sich Angst –
und hinter deiner Angst
steht Unsicherheit.

Laß doch die Fassaden fallen,
sei so unsicher,
wie du dich fühlst,
und warte nur:
früher oder später
entdeckst du die Sicherheit,
die ganz tief in dir steckt.

Das Unverhoffte

Wir haben uns nicht kennengelernt,
damit ich deine Bedürfnisse befriedige,
damit ich die Rolle spiele,
die du mir zugedacht hast.

Du hast nicht für möglich gehalten,
daß ich dir etwas zu geben hatte,
was jenseits des Horizonts
deiner Wunschvorstellungen lag.

Ich hätte dir mehr schenken können,
als du dir von mir erhofft hast.

Du hättest es sehen können,
wenn deine Seele offen
für das Unverhoffte gewesen wäre.

Angst gegen Sehnsucht

Du hast Angst
vor der Wahrheit
und sehnst dich nach ihr.

Du weißt,
du findest sie
unweigerlich bei mir.

Deine Angst ist stark und zäh,
sie kämpft schon so lange
gegen deine Sehnsucht.

Oder hat sie schon gewonnen?

Mein Beileid

Lieber das bekannte Unglück
als das unbekannte Glück?
Lieber nicht fliegen,
als einen Absturz zu riskieren?
Lieber die vertraute Angst
als das beängstigende Vertrauen?
Lieber sich verschließen,
als wieder verletzt zu werden?

Wer so denkt, verdient Beileid –
denn er hat sich lebendig begraben.

Liebe oder Angst?

Der Eifersüchtige
will den geliebten Menschen
von allen anderen fernhalten,
die ihm wichtig werden könnten.

Aus Liebe – sagt er.
Aus Angst – sollte er sagen.
Liebe läßt den anderen frei sein.
Angst sperrt ihn ein.

Späte Einsicht

Du bist nicht diejenige,
die ich suchte,
obwohl du ihr
so täuschend ähnlich sahst,
daß ich mich so lange
in dir getäuscht habe,
bis die Enttäuschung
meine Hand nahm
und mich zur Einsicht führte.

Sinnlose Bedenken

Du Meisterin der schönen Worte
und leeren Versprechen,
du Meisterin des stummen Zögerns
und der beredten Widersprüchlichkeit –

bist eine Schülerin
der lähmenden Befürchtungen
und sinnlosen Bedenken,
eine Schülerin der blinden Angst,
die dich nicht schützt,
sondern schädigt,
und dich nur eines lehren kann –
hoffnungsloses Bedauern.

Zwei Fragen

Wenn ich dich
in Berührung mit
deinem wahren Selbst bringe,
warum bringst du mich
in Berührung mit
deinen schlechten Erfahrungen?

Womit hat ein Mensch,
der sein Bestes gibt,
um dein Bestes zu erwecken,
Angst und Mißtrauen verdient?

Deine Ängste

Deine Ängste schwächen mich,
deine Skepsis fesselt mich,
und ich kann nicht frei sein
und dir zeigen,
was ich nicht sagen kann.
Ich verliere mich und dich
im Labyrinth unserer Worte.

Ich kenne den Weg
ins erfüllende Schweigen,
wo wir uns finden könnten.

Doch würdest du
jetzt meine Hand nehmen
und die Augen schließen?

Auf der Durchreise

Auf der Durchreise
war deine Liebe
in meinem Herzen.

Vielleicht war es
für sie nur
ein Dach überm Kopf
für eine Nacht …

Oder hatte sie
es so eilig
aus Angst,
den Grund
zum Weiterreisen
zu verlieren?

Liebe und Angst

Die Liebe kann nur in einem
angstfreien Raum existieren.
Betritt die Angst diesen Raum,
verfliegt die Liebe wie ein Traum,
und die Angst wird behaupten,
daß sie nur ein Traum war.

Ein Kampf zwischen
Angst und Liebe ist unmöglich,
weil die Liebe sich verleugnen müßte,
um zu einer Kämpferin zu werden.
Sie ist beseelt
von Sanftmut und Frieden –
und einer Weisheit,
die über allem Streit steht.

Das Weinen deiner Träume

Du bist dein größter Feind.
Niemand bekämpft dich
so gut wie du selbst,
zerstört deine besten Chancen
so treffsicher wie du.

Das Weinen deiner Träume
begräbst du unter Zukunftsangst,
deinen Mut und deine Freiheit
hast du an ein Leben verkauft,
von dem du dir Sicherheit versprachst.
Und nun fehlt dir die Kraft,
deinen Irrtum zu akzeptieren.

Vielleicht fehlt dir auch
die Erinnerung an den Menschen,
der du einmal werden wolltest,
weil du ihn nicht vergleichen willst
mit dem Menschen,
der du geworden bist.

Folge mir

Folge mir,
flüsterte dein Schatten,
folge mir in das Schweigen,
in dem ich dir alles zu sagen wage,
was nie über meine Lippen käme,
denn ich fürchte mich
vor allen Worten,
die mein Geheimnis entblößen,
ich fürchte deinen Blick
auf meine nackte Wahrheit.
Doch wenn wir schweigen,
kann ich vielleicht,
so flüsterte dein Schatten,
die Lüge überwinden
und dir einen Atemzug lang
die Wahrheit meiner Nähe schenken.

Ich wußte, dein Schatten log,
aber er glaubte, daß ich ihm glaubte.

Urteil

Sie verurteilte
die Liebe zwischen
ihm und ihr
zum Tode –

aus Angst,
ihr lebenslänglicher
Gefangener zu werden.

In diesem Augenblick

Unser Lächeln
stieg immer höher,
durchbrach die
Wolkendecke der Angst –

und schenkte uns
den freien Himmel
einer möglichen Liebe.

Leider wuchsen uns
in diesem Augenblick
keine Flügel.

Ich bring dir Muscheln mit

Du siehst so verschlossen aus.
Selbst meine mutigsten Blicke
können dich nicht erreichen.
Ich weiß, wovor du Angst hast.
Zieh deine Zäune,
Zäune machen gute Nachbarn.
Vielleicht kannst du ja
meine Pflanzen gießen,
wenn ich auf Reisen bin.
Ich bring dir dafür
Muscheln von den Stränden mit.
Und wenn wir uns sehen,
schauen wir uns
aus sicherer Entfernung an,
um nicht versehentlich
ein neues Feuer zu entzünden.

Fünf Fragen

Was macht die Liebe
manchmal so hilflos,
wenn Mißverständnisse
und Ängste
auf sie einstürmen?
Warum läßt sie nicht
ihren Zauber wirken,
um sinnlose Kämpfe
zu verhindern?

Fühlt sie sich
von uns im Stich gelassen?
Lassen wir sie im Stich?
Oder läßt sie uns
schweren Herzens
miteinander streiten,
damit wir endlich lernen,
daß Liebe Frieden ist?

Die Zeit

Irgend etwas ist an dir,
das mir angst macht,
wir könnten uns verlieren,
bevor wir uns
wirklich gefunden haben.

Ich glaube,
es ist die Zeit,
die du dir nicht nimmst,
um mir die Angst zu nehmen.

Das feine Glas

Nun ist es zerbrochen,
das feine Glas,
gefallen aus lieblosen,
ungeschickten Händen
auf den harten Boden
der Enttäuschung,
zersprungen und verloren
wie der magische Trank,
den es enthielt,
an dem du nur
ängstlich genippt hast –
zu wenig,
um verzaubert zu werden.

Weil du glaubtest,
unsere Zukunft zu kennen,
hast du sie verkannt.

Portrait

Sie redet und redet.
Ihre Worte sind ein Gewebe,
das sie um sich spinnt.
Sie redet gut,
aber sie würde lieber still sein.
Sie versteckt sich hinter ihren Sätzen,
sie lebt in einem
Zimmer aus Vorwänden.

Sie sagt, sie sei verschlossen.
Sie klagt, sie sei gefesselt,
aber an ihren Fesseln läßt sie
niemanden ihr Glück versuchen.
Sie trägt sie schon so lange,
daß sie ein Teil von ihr geworden sind;
sie sind ihr in die Haut gewachsen
und haben Nerven angenommen.

Jetzt hat sie Angst vorm Messer,
selbst in der ruhigsten Hand.

Deine Flügel

Laß die Liebe frei,
die du in dir gefangenhältst,
aus Angst, sie könnte
den Rahmen deines Lebens sprengen,
wenn du sie gehen läßt,
wohin sie gehen will.

Ich weiß einen Himmel,
dort könnte sie fliegen.
Auch wenn du ihre Flügel
vor dir selbst versteckst –
ich habe sie gesehen.

Keine Erlaubnis

Zu viel Vertrauen
habe ich zu dir gehabt –
oder vielleicht habe ich
zu viel von dir erhofft.
Du hast meine Hoffnungen
zu Illusionen degradiert.

Was wäre nicht alles
zwischen uns möglich gewesen,
wenn du es einfach
nur erlaubt hättest?
Wir hätten fliegen können!

Deine Angst vorm Fliegen
war größer als deine Sehnsucht,
die Schwerkraft zu besiegen.

Zwischen Sehnsucht und Angst

Zwischen Sehnsucht und Angst
pendeln wir:
Angst, verletzt zu werden –
und Angst zu verletzen;
Sehnsucht nach Liebe,
nach Erfüllung unserer Träume …

Was uns Glück verspricht,
was uns innere Heimat sein könnte,
zerrinnt traumgleich gerade dann,
wenn wir es am meisten brauchen –
und die Enttäuschung treibt uns
viel zu weit lebensabwärts,
ohne die Kraft,
gegen den Strom zu schwimmen –

bis uns unverhofft
neue Hoffnung zuströmt –
aus Quellen,
die unerschöpflich scheinen.

Eines Tages vielleicht

Eines Tages vielleicht

Vielleicht hast du
den Zauber zwischen uns entkräftet,
vielleicht hast du ihn
auch nur aufgehalten
mit deiner Angst vor seiner Kraft,
und eines Tages wird er
größer sein als deine Angst,
wird ihr über den Kopf
und in die Wahrheit sehen.

Vielleicht wird dieser Tag
auch niemals kommen,
doch wenn er kommt,
werde ich ihn umarmen,
ohne zu zögern.

Nur Hand in Hand

Wir wollen
uns nicht verlieren,
doch wir haben uns noch
nicht wirklich gefunden.

Die Suche hat uns schon
einige Versuche gekostet,
die gescheitert sind.

Noch habe ich genügend Mut
für einen letzten Sprung
vom Turm der Ängste
ins Wasser der Ungewißheit.

Aber nur
Hand in Hand mit dir.

Fragen nach Mitternacht

Warum gießt du
Wasser ins Feuer,
wenn du frierst?

Warum bekämpfst du
den unverhofften Zauber,
wenn Nüchternheit
dich langweilt?

Warum tanzt du nicht,
wenn die Musik spielt,
die du dir gewünscht hast?

Warum atmest du nicht
die schöne Atmosphäre ein,
nach der du dich gesehnt hast?

Warum fragst du dich nicht,
was ich mich frage?

Hoffnungslos lebendig

Auch ohne Hoffnung
bleibt mir ein Gefühl für dich,
für das ich kein Wort kenne,
das seltsamerweise
hoffnungslos leben kann,
aus sich selbst heraus –

wie eine Quelle,
die nicht versiegt,
auch wenn du dich
auf dem Weg
zu ihr verirrt hast –

hoffentlich nicht hoffnungslos.

Frag sie

Deine Schönheit ist
ein heimliches Verbrechen,
dein Lächeln ein Tatort.

Und deine Seele,
sie will spielen,
sie will Macht.

Hast du sie
schon einmal gefragt,
warum sie die Liebe
so ganz vergessen hat?

Sie wird nicht antworten,
aber danach wird alles
anders für dich sein.

Dein versäumtes Leben

Deine Seele klagt dich an:
der Feigheit, der Bequemlichkeit
und der Angst vor der Liebe.
Ihre Klagen machen dich krank,
dein Leidensdruck wächst,
dein Lebensmut sinkt.

Ich würde dir gern helfen,
doch du kannst einen Freund
von einem Feind nicht unterscheiden,
denn dein versäumtes Leben
hat dich blind gemacht.
Du traust niemandem,
nicht einmal dir selbst.

Doch ohne Mut,
ohne Vertrauen in dich
und in das Leben
wirst du dich weiter im Kreis bewegen
und von allen Menschen denken,
daß sie dich nicht verstehen.

Die Angst vorm Fliegen

Die größte Feindin der Liebe,
der Erkenntnis und der Weisheit
ist die Angst vor dem Neuen,
dem Unbekannten, Unberechenbaren –
also letztlich vor dem Leben.

Doch welchen Sinn hat es,
Angst vor dem zu haben,
was uns geboren hat
und was uns sterben läßt?

Kein Vogel hat Angst vorm Fliegen.
Deine Seele will fliegen, muß fliegen,
um sich nicht selbst zu vergessen.
Hindere sie nicht daran
mit deiner Angst vor dem Absturz,
sonst verkümmern ihre Flügel.

Und du wirst traurig,
ohne zu wissen warum.

Im Bann deiner Angst

Ich sehe etwas, das auch du siehst.
Ich fühle etwas, das auch du fühlst.
Ich weiß etwas, das auch du weißt.

Doch im Bann deiner Angst
vergißt du alles,
was du weißt, fühlst und siehst.

Deine Angst ist die Betrügerin,
der du vertraust,
die skrupellose Diebin,
die du deine Freundin nennst,
die finstere Alchemistin,
die aus Wahrheit Lüge macht.

Ich wünsche dir,
daß du sie einmal
auf frischer Tat ertappst.

Das Entscheidende

Entscheidend ist nicht,
was du sagst,
sondern was du tust.

Entscheidend ist nicht,
was du willst,
sondern was du kannst.

Entscheidend ist nicht,
was zwischen uns
geschehen könnte,
sondern was nicht geschieht.

Rufe mich

Ich möchte dir
so viel schreiben,
aber wenn ich es versuche,
wird meine Hand schwer.

Ich könnte es dir
vielleicht sagen,
aber ich weiß nicht mehr,
ob es dich noch erreicht.

Rufe mich,
damit ich dich höre,
denn im Dunkel
meiner Unsicherheit
kann ich dich nicht sehen.

Kontrolle

Frei und beschwingt
solltest du sein,
nicht der Spielball
eines Mannes,
der dir nachspioniert,
dich kontrolliert.

Kontrolle ist der Totenschein
von Liebe und Vertrauen,
der Wille zur Macht
über einen anderen Menschen,
die Angst vor seiner Freiheit.

Aber beherrscht werden
kann auf die Dauer nur,
wer sich beherrschen läßt.

Das Glück

Das Glück kommt und geht,
aber es kommt eher
in ein offenes Herz
als in ein verschlossenes,
es kommt eher
zu einem Optimisten
als zu einem Pessimisten,
es kommt eher
zu einem Sehnsüchtigen
als zu einem Selbstsüchtigen –

aber ob
und wann es kommt,
weiß allein das Glück.

Doch du hast Angst

Du erwartest zu viel von mir,
wenn du von mir erwartest,
nicht zu viel von dir zu erwarten.

Ich erwarte nur das,
was möglich ist –
weil ich es spüre.

Du spürst es auch.
Doch du hast Angst davor.

Erwarte nicht von mir,
daß ich sie mit dir teile.

Wollen und Brauchen

Du hinderst mich daran,
dir zu geben, was du brauchst,
aus Angst, daß es etwas ist,
was du nicht willst.

Also bewahre ich es für einen anderen,
dieses seltene Geschenk,
dessen Wert nur der versteht,
bei dem Wollen und Brauchen eins sind.

Glücklicherweise

Nichts ist mehr
zwischen uns
wie es einmal war –

aber immer noch
ist dieses gewisse Etwas da,
dieser Weg in den Zauber
zeitloser Glücksmomente,
von dem wir abgekommen waren;
für immer, dachte ich –

aber glücklicherweise
habe ich mich geirrt.

Seltsam

Fast alle Menschen
haben Angst davor,
daß ihr Partner sich
von ihnen abwendet,
sie betrügt oder im Stich läßt.
Aber kaum jemand befürchtet,
daß er derjenige sein könnte,
der seinen Partner verläßt,
weil er nichts mehr für ihn empfindet.

Fast alle haben Angst davor,
nicht mehr geliebt zu werden –
aber kaum jemand fürchtet sich davor,
nicht mehr zu lieben.

Deine Angst

Die Poesie
in deinen Worten
entspringt dem Zauber
in deiner Seele,
die du verschlossen hast
aus Angst vor Dieben,
die nehmen,
ohne zu geben,
die sich lieben lassen,
ohne zu lieben.

Deine Angst
fürchtet sich vor mir,
denn die Zeit
ist auf meiner Seite,
also hänge nicht
an deiner Angst,
denn du wirst sie
ohnehin verlieren.

Entrüstet euch

Die Rüstung Angst umschließt
panzergleich inneres Leben,
um vor Verletzungen zu schützen,
doch in ihr stirbt Lebendigkeit
an Atemnot und mangelnder
Bewegungsfreiheit.

Was ist zu halten
von einer Vorbeugung,
die den Patienten abtötet,
um ihn zu behüten?

Ist es nicht Zeit,
sich zu entrüsten
und Wege freizulegen,
auf die sich schutzlos
wagen kann, was nur
im Offenstehen
überhaupt lebt?

Was ich dir wünsche

Die Wahrheit kann dich
genauso gut
zur Entschlossenheit führen
wie der Irrtum.
Die Angst kann dich
genauso gut
zu einer Entscheidung führen
wie der Mut.
Das Vertrauen kann dich
genauso gut
zu einer Erfahrung führen
wie die Skepsis.

Ich wünsche dir die Weisheit,
zwischen den guten
und den schlechten Führern
unterscheiden zu können.

Lebensangst

Die Menschen, die dir in deinem Leben
etwas Schlechtes angetan haben,
dürfen dich nicht daran hindern,
die Menschen zu erkennen,
die dir etwas Gutes geben können –
sonst wirst du zum
Opfer deiner Enttäuschungen
und beraubst dich der Möglichkeit,
deine negativen Erfahrungen
durch positive auszugleichen.

Viele scheinen sich in der Opferrolle
des allzu oft Enttäuschten zu gefallen.
Es ist sehr schwierig ihnen zu helfen,
denn sie sehen in jedem möglichen Helfer
eine Bedrohung, eine Gefahr, einen Feind.

Dabei sind sie selbst ihr größter Feind –
und ihre Angst vor anderen Menschen
ist im Grunde Angst vorm Leben,
Angst vor sich selbst.

Ins Undenkbare

Wir sprachen viel, vielleicht zuviel.
Reden ist eine Gewohnheit –
und manchmal eine Wand.
Doch jede Wand hat eine Tür,
durch die wir gehen können
aus den Worten ins Sein.

Jeder Gedanke hat ein Ende,
von dem wir springen können
aus dem Reden ins Unsagbare,
aus dem Denken ins Undenkbare.

Schlüsselgeschenk

Ich schließe dich
in mein Herz
und schenke dir
den Schlüssel –

denn ich will,
daß deine Liebe
frei ist.

Zuversicht

Laß die Hoffnung
siegen über die Angst.
Laß das Vertrauen
siegen über die Ungewißheit.
Und deine Liebe wird
siegen über deine Zweifel.

Umarme das Glück

Umarme das Glück

Gehe ins Glück,
wenn es dir die Tür öffnet.
Hab keine Angst,
öffne dich seinem frischen Zauber –
umarme es!
Das Glück wartet nicht auf den,
der es warten läßt.
Es flüchtet vor dem Zögerlichen,
entzieht sich dem Skeptiker,
meidet den Angsthasen und macht
einen großen Bogen um den Verbitterten.
Halte dein Herz immer so frei,
so jung, so mutig,
daß es keinen Augenblick zögert,
dem Glück offen und vertrauensvoll
in die Augen zu sehen,
wenn du ihm begegnest.
Bitte es ohne Worte,
so lange zu bleiben,
wie es ihm möglich ist.

Es ist das wahre Leben.

Deine Rückkehr

Jetzt bist du zurückgekommen,
hast doch noch einmal
an die Tür geklopft,
die ich dir damals
nicht öffnen konnte –
aus Angst sicherlich,
aus Schwäche vielleicht.

Länger als ein Jahr
hast du gezögert –
welch ein Geschenk
hast du mir heute
mit deinem Besuch gemacht!

Froh wie ein Schmetterling
über einer bunten Blumenwiese
hast du mich zurückgelassen,
und ich gebe dir mein Wort:
Du wirst nie wieder
vergeblich meine Nähe suchen.

Dein Sprung

Du bist ganz einfach
über den Schatten
deiner Ängste gesprungen
und hast mir gezeigt,
was du fühltest,
als ich schon
so gut wie sicher war,
daß die Mauer
deiner Worte halten würde.

Schön war dein Sprung,
unverhofft mutig und sanft,
mitten ins Herz
des befreiten Augenblicks.

Dein grösster Schatz

Pflanze die wertvollen
Saatkörner deiner Liebe
nicht in die unfruchtbaren Böden
der Angst, der Unfreiheit,
der Feigheit und Gleichgültigkeit.

Gehe bewußter und klüger
mit deinem größten Schatz um.

Plötzlich keine Angst mehr

Als die Realität
meine Träume
an die Wand stellte
und Schießbefehl gab,
weil sie
es gewagt hatten,
Wirklichkeit zu werden,
hatten sie plötzlich
überhaupt keine Angst mehr,
denn sie erkannten,
daß Gewalt
sie nicht töten konnte.

Warum?

Warum redest du so viel,
wenn du viel mehr geben kannst
mit deinem Schweigen?
Warum denkst du so gern,
wenn dein Bestes jenseits
der Grenze des Denkens liegt?
Warum öffnest du nicht dein Herz
und zeigst dich?

Du bist viel mehr,
als du denkst.

Vertrauensfrage

Wenn du das Leben
wirklich kennenlernen willst,
mußt du dich ihm anvertrauen,
darfst keine Angst vor ihm haben,
keine Scheu vor seiner Natur,
die auch deine ist.

Erkennst du sie,
hast du dich erkannt.

Weil du es bist

Weil du es bist,
springe ich lächelnd
über meinen Schatten,
versetze meine Zweifel
in den vorzeitigen Ruhestand
und lehre meine Ängste
das Fürchten.

Voraussetzung

Im Meer der Liebe
kannst du nur schwimmen,
wenn du bereit bist,
alle Ängste abzulegen,
vor allem die Angst
vorm Ertrinken.

Schattenmenschen

Viel zu viele Menschen
vernachlässigen
ihre besten und schönsten
Entfaltungsmöglichkeiten
und bleiben ein Schatten dessen,
was sie hätten werden können –

aus Angst vor dem Leben,
Angst vor sich selbst,
Angst vor der Liebe.

Geniesse dein Glück

Es gibt überall einen Ort
und immer eine Zeit,
glücklich zu sein,
ohne daß du deshalb
den Kopf in den Sand stecken mußt.
Du verdrängst und verleugnest nicht,
was tagtäglich in der Welt geschieht,
aber du läßt es nicht dein Glück zerstören.
Du verteidigst es,
wie du deinen Körper verteidigen würdest
gegen einen Angriff.

Auch wenn dein Glück vergehen wird –
genieße es in vollen Zügen,
ohne es mit deiner Angst
vor seinem Ende zu schwächen.
Verlustangst sabotiert deine Freude
und überschattet deinen Genuß.

Die Tänzerin

Meine indonesische Holzstatue
stellt eine Frau dar,
die im Rachen eines
feuerspeienden Dämons tanzt,
voller Anmut, ohne Angst.
Ihr schönes Gesicht spiegelt
Verzückung, Geheimnis, Trance.

So wie diese Frau
im Rachen des Dämons tanzt,
muß tanzen können,
wer auf dieser Welt
glücklich sein will.

Liebe ist wichtiger

Liebe ist wichtiger
als Zwänge, Ängste
und alle noch so
hochvernünftigen Erwägungen,
wichtiger als die Zukunft,
wichtiger als Geduld
und die besten Absichten,
wichtiger als Kompromisse,
Hoffnungen und guter Wille,
so unermeßlich wichtiger
als alle Worte, aller Trost
und alle sogenannten Notwendigkeiten.

Frag nicht warum.

Angst oder Mut

Wenn du wirklich wissen willst,
ob du einem Menschen vertrauen kannst,
mußt du es wagen,
ihm Vertrauen zu schenken.
Du mußt ihm eine echte Chance geben.
Mit Halbherzigkeit kannst du
es nicht herausfinden.

Dein Vertrauen kann mißbraucht werden –
aber es kann auch belohnt werden.
Alles hängt davon ab,
ob du dich auf die Seite
der Angst oder des Mutes stellst.

Dein Verstand stellt sich
prinzipiell auf die Seite der Angst.
Deshalb laß deine Intuition entscheiden!

Falsche Prioritäten

Die Angst mancher Menschen
vor der Liebe ist noch größer
als ihre Angst vor einem lieblosen,
unerfüllten Leben.
Sie setzen sich falsche Prioritäten.

Wer sich der Liebe verweigert,
verbaut sich den Weg
in den Bereich des Lebens,
in dem die Wirklichkeit
den Traum übertreffen kann
und die Frage
nach dem Sinn des Seins
ihre tiefste und ihre
schönste Antwort findet.

Wer glücklich sein will

Für viele besteht die Liebe
vor allem darin, geliebt zu werden.
Selbst zu lieben macht ihnen angst,
ist ihnen zu gefährlich.
Selbst zu lieben bedeutet,
sich der Möglichkeit auszuliefern,
belogen und betrogen,
gedemütigt und verletzt zu werden,
denn die Gefühle des anderen
sind noch weniger berechenbar
als die eigenen.
Da ist es klüger,
man läßt sich lieben
und bleibt selbst emotional
auf Sicherheitsabstand.

So argumentiert die Angst vor dem Leben
und überzeugt damit viele Menschen.
Wer glücklich sein will,
darf keine Lebensangst haben –
er braucht Lebensmut.

Deine Ängste haben Angst

Deine Ängste haben Angst
vor meiner Liebe,
weil sie nicht blind ist,
weil sie durch die
Fassaden deines Lebens sieht,
als wären sie aus Glas.

Deine Ängste haben Angst
vor meiner Liebe,
weil sie die Wahrheit liebt
und deinem Schauspiel
den Applaus verweigert.

Deine Ängste haben Todesangst
vor meiner Liebe,
weil sie ihre Gesetze bricht
wie trockenes Holz
für ein Freudenfeuer.

Ziehe keine Grenzen

Schickt das Schicksal
dir einen Menschen,
der für dich wertvoll werden könnte,
schrecke ihn nicht dadurch ab,
daß du von vornherein Grenzen
zwischen dir und ihm ziehst,
auf welcher Ebene auch immer.
Gerade wenn er
wirklich daran interessiert ist,
dich kennenzulernen,
wird deine Weigerung,
ihm bestimmte Bereiche deines Wesens
vorzuenthalten oder zu verbieten,
sein Interesse reduzieren oder zerstören.

Wer möchte schon gern
eine seelische Landschaft erkunden,
in der ihm schon
bei den ersten Schritten
ein Verbotsschild oder ein Zaun zeigt,
daß er es mit einem
innerlich unfreien Menschen zu tun hat,
den die Angst vor einer
grenzenlosen Begegnung plagt?

Blicke

Bevor ein Liebeszauber
zwischen zwei Menschen
sich entfalten kann,
müssen sie bereit sein,
ihre Blicke ohne Angst
ineinander sinken zu lassen –

zeitlos, grenzenlos.

Der Weg zur Freude

Willst du den Weg
zur Freude gehen?
Dann zieh dir die Schuhe
des Vertrauens an,
die Jacke der Zuversicht,
setz dir den Hut
des Mutes auf
und steck dir
die Schlüssel der Geduld
und der Gelassenheit
in die Tasche,
mit denen du die Türen
zum Glück öffnest.

Die Diktatur der Angst

Die Angst ist
von Natur aus diktatorisch.
Sie gilt als schlechte Ratgeberin,
doch ihre Macht ist groß und unterdrückt
oft jede Frage nach ihrem Sinn.
Nur der Rebell kann sie überwinden,
der Lebensmutige,
der das Wagnis eingeht,
sinnlose Ängste zu überwinden,
um seine Möglichkeiten auszuschöpfen.

Wer nicht rebelliert,
der verliert.
Wer nicht wagt,
der verzagt.

Deine innere Haltung

Laß dich fallen
von der Klippe des Vertrauens –
und du wirst schweben.
Laß dich fallen
von der Klippe der Zweifel –
und du wirst zu Boden stürzen.

Sprich das Gute eines Menschen an –
und er wird dir
vertrauenswürdig erscheinen.
Sprich das Schlechte eines Menschen an –
und er wird fragwürdig auf dich wirken.

Begegne den Ereignissen mit Heiterkeit –
und es wird ein leichter Tag.
Begegne ihnen mit Skepsis und Angst –
und es wird ein schwieriger Tag.
Deine innere Haltung
beeinflußt deine äußere Wirklichkeit.

Tage

Es gibt Tage,
da fühle ich nicht
das Glück,
das es bedeutet,
mit dir zu leben.
Tage,
an denen ich weine
hinter freundlichen Masken
aus Schwäche, Angst
und lieben Gewohnheiten,
denn:
ich stehe mir
im Weg
zu dir.

Und jeder Augenblick
ist kostbar.

Die mutigste aller Künste

Liebe ist die höchste,
die mutigste aller Künste.
Sie wagt die Bewegung ins Ungewisse
und kümmert sich nicht
um Verlust und Gewinn.
Sie öffnet die Augen
für das Wunderbare;
sie ist das wahre Leben.

Sie ist ein Spiel
mit höchstem Einsatz –
ein Risiko, eine Gefahr:
Wer wagt, gewinnt –
auch durch Verlust.
Wer sich enthält,
bleibt armselig
und wird vorzeitig alt.

Am Ende

Am Ende
wird die Wahrheit siegen
über Ängste
und gut getarnte Lügen.
Am Ende
wird sich alles fügen.
Und was jetzt
am Boden liegt,
wird schließlich
lächelnd fliegen.

Im Licht der Liebe

Wir strahlten uns an
im Licht der Liebe.

Deine Augen waren
klares blaues Feuer,
in dem die Angst verbrannte.

Ich sah plötzlich
aus großer Höhe
auf das Leben
und erkannte:

Es ist heller,
es ist leichter,
als ich je
zu träumen gewagt hätte.

Hingabe

Sich der schönen Situation
ohne Zögern hingeben.
Aus dieser Hingabe
entsteht Intensität,
erwächst Magie,
die uns auf eine Ebene trägt,
auf der in jedem Augenblick
das Glück berührbar ist.

Glück

Glück ist,
wenn die Liebe
gar nicht klingelt,
weil die Tür
schon offensteht –

und jedes Wort,
das du nicht sagst,
sich in ein Lächeln
verwandelt.

Im Raum unseres Lächelns

Im Raum unseres Lächelns

Ich spüre so viele Türen
im Raum unseres Lächelns,
hinter denen sonnige Zimmer
mit magischen Ausblicken liegen.

Ich ahne einen Reichtum
an perfekten Augenblicken
voller Tiefe, Schönheit
und Schwerelosigkeit.

Wenn sich die Türen öffnen,
können wir wie verzaubert
in das Leben eintreten,
wie wir es verstehen.

Wie spielende Kinder

Wieviel Wunderbares
hast du mir geschenkt
in so wenigen Stunden!

Wie leicht das Leben
in deiner Nähe wurde,
als wir lachten
wie spielende Kinder
und im Augenblick aufgingen,
in vielen Augenblicken –

und jeder einzelne
war unvergeßlich.

Ganz und gar

In deinen Händen
liegt ein Zauber,
der in meinen Körper
und meine Seele fließt,
wenn du mich berührst
und ich die Welt vergesse,
weil ich ganz und gar
in dem Leben aufgehe,
das uns durchströmt –

wenn wir es einfach nur
geschehen lassen.

Keine Angst

So viele haben Angst,
sich in der Liebe zu verlieren,
und verlieren dabei ihr Herz
an ihren Verstand.

Du hattest keine Angst,
denn du spürtest wie ich,
daß wir nichts Wichtigeres
verlieren konnten als uns.

Deine blosse Nähe

Du machst mir Lust
auf mehr Nähe, Berührung,
auf Tanz und Spiel,
Lust auf mehr
Natürlichkeit, Freude,
entspannte Spannung,
Lust auf
deine bloße Nähe,
die mich wiederfinden läßt,
was ich längst
verloren glaubte.

Zum Greifen nah

Hand in Hand
möchte ich mit dir gehen
in das Herz dieses Spiels
zwischen unsren Blicken,
Händen und Lippen,
das uns lächeln läßt
und mit heiterem Leben erfüllt,
und das Glück
ist zum Greifen nah;
doch wir hüten uns davor,
die Hände danach auszustrecken –

wir lassen es uns ergreifen.

Ein bunter Hut

Ich werde
einen bunten Hut tragen,
wenn ich zu dir komme,
und mein Lächeln
wird dir das Sonnenlicht schenken,
das meine Lippen
auf dem Weg zu dir
aufgefangen haben.

Ich werde dich sprachlos begrüßen
und mir wünschen,
daß Sprachlosigkeit uns erfaßt
und uns vom Boden der Worte
in den Himmel des Unsagbaren trägt,
wo Seelen schweben und tanzen,
die ihre Ängste zurückgelassen haben
irgendwo in der sogenannten Realität.

Wirklich

Ich fühle mich
von dir geliebt,
und das tut so gut,
erfüllt mich mit
einem solchen Frieden,
daß alle Sorgen
und Enttäuschungen
weit entfernt wirken
und so bedeutungslos erscheinen,
daß es mir schon
fast unheimlich ist.

Aber es ist wirklich.

Ohne Wenn und Aber

Ohne Ängste,
ohne Zweifel,
ohne Wenn und Aber
öffnest du dich mir,
vertraust mir
deine Seele an,
als wüßtest du genau,
daß ich dich nicht
enttäuschen kann –

weil du dich nicht
in mir täuschst.

Ganz geborgen

Ich lasse mich sinken
in die Tiefen deiner Nähe,
den Glanz deiner Blicke,
den Sinn deines Schweigens,
die Magie deiner Hände.

Ganz geborgen im Augenblick,
lieg ich wunschlos glücklich
neben dir im tiefen Zauber
unserer erfüllten Sehnsucht.

Stark genug

Du faszinierst mich
immer aufs neue,
weil deine Liebe
mich nicht fesselt,
sondern befreit –
denn sie ist stark genug,
mich nicht zu schwächen
und zu beschneiden,
aus Angst,
ich könnte ihr entwachsen.

Sie weiß,
solange sie sich
nur selber treu bleibt,
ist es ihr Licht,
dem ich entgegensteige.

Federleicht

Weich wie dein Haar,
sanft wie dein Blick,
zart wie deine Umarmung –
so fühle ich mich.

Tief wie deine Sehnsucht,
warm wie deine Nähe,
magisch wie dein Lächeln –
so fühle ich mich.

Federleicht schwebe ich
über dem Abgrund zwischen uns.

Daß mir die Worte fehlten

Deine Umarmung
war ein so schönes Geschenk
an meine Seele,
daß mir die Worte fehlten,
dir zu danken –

und nur mein Schweigen
dir erzählen konnte,
was ich erlebte,
als ich dich erlebte.

Lebenslicht

Dein Blick
ist Lebenslicht
in den Augen
meiner Seele.

In deiner Nähe
wird das Wort Vertrauen
zu einer Wirklichkeit,
die mich wortlos macht.

Zeitloses Glück

Du hast
den Schleier aufgelöst,
der viel zu lange
meine Sicht behinderte.

Nun sehe ich die Farben
deiner Seele tanzen
im Rausch des Augenblicks,
der keine Zeit kennt
im Bann unseres Glücks.

Erfüllte Wünsche

Du warst so freigebig,
wie nur eine
reiche Seele sein kann.

Du warst so liebevoll,
wie nur ein
schönes Herz sein kann.

Du warst so zärtlich,
wie nur ein
entspannter Körper sein kann.

Du hast mir Wünsche erfüllt,
von denen ich
nicht einmal ahnte,
daß ich sie hatte.

Wie eben

Das Paradies liegt
in deinen Augen,
wenn sie so
in meine sehen wie eben,
als du meine Seele
in Brand stecktest
wie trockenes Holz.

In diesem Feuer
bin ich zu Hause.
Für diesen Tanz der Flammen
lebe ich.

Offenbarungen

Du hast dich offenbart,
als ich die Hoffnung
auf dein Erscheinen
so gut wie verloren hatte.

Du hast mir offenbart,
daß ich die Hoffnung
auf die Erfüllung
meiner tiefsten Sehnsüchte
niemals verlieren darf,
weil ich mich damit
selbst verlieren würde.

Späte Wirkung

Du gabst mir Licht
an einem düsteren Tag,
das ich erst
in mir leuchten sah,
als ich im Dunkeln
in meinem Bett lag –

mit deinem Leben
in mir.

Helle Freude

Du hast mich
so maßlos beschenkt
mit heller Freude,
daß mir
unser Glück
im Gesicht
geschrieben steht.

Jeder kann es lesen,
doch wir
können es leben.

Zu nah

Wir sind uns
zu nah gekommen,
um uns voneinander
entfernen zu können.

Wir haben uns
zu tief gefunden,
um uns in
Oberflächlichkeit zu verlieren.

Wir haben uns
zu klar an unser
wahres Selbst erinnert,
um uns vergessen zu können.

Deine Fingerspitzen

Glück war nur ein Wort,
das Erinnerungen weckte
an vergangene Zeiten –

bis deine Fingerspitzen
mich zärtlich berührten
und mich sicher
aus dem Wald führten,
den ich vor lauter Bäumen
nicht mehr sah –

und plötzlich
war alles wieder da!

Unverhofftes Glück

Du warst so frei,
so leicht und ungeschützt,
als hättest du keine Ängste,
keine Erinnerungen an
Verletzung und Enttäuschung,
du warst ganz und gar
im Augenblick,
gingst völlig auf
in diesem unverhofften Glück,
das wie warmes Sonnenlicht
durch die weit geöffneten Fenster
unserer Seelen fiel.

In deinem Bann

Gefangen
in deinem Bann
fühle ich mich frei
wie nie zuvor,
und wenn ich
meine Augen schließe,
sehe ich in deine.

Du hast meine Seele
zum Tanzen gebracht,
und bald wird sie fliegen,
sich aufschwingen
in den Himmel ihrer Welt.

Fassungslos

Dein Gesicht ist die Antwort,
die allen meinen Fragen
ihre Überflüssigkeit bewußt macht –
mit einem feinen Lächeln,
das geheime Türen öffnet
ins Paradies des Augenblicks.

Dann tut es mir fast leid,
daß du dich nur
im Spiegel sehen kannst
und nicht durch meine
fassungslosen Augen.

Urlaubswunsch

Hast du Lust,
ein paar Stunden Urlaub
im Hier und Jetzt
mit mir zu machen?

Ich möchte mit dir
im heiteren Sonnenschein
unserer Nähe spazieren,
am Traumstrand
unseres Lächelns liegen
und im klaren Meer
unserer Lebensfreude baden.

Leicht sollst du sein

Leicht sollst du sein
wie eine Feder im Wind,
scharf soll das Messer sein,
mit dem du die Seile kappst,
an denen das Schwere hängt,
das dich hinunterziehen will.

Fliegen sollst du hoch
in einen freien Himmel –
ein Lächeln im Gesicht,
den Blick gerichtet
ins Grenzenlose.

Ein zarter Zauber

Die Zeit stand still,
als wir uns umarmten,
die Gedanken verstummten
und der Alltag verblaßte
im warmen Licht
unseres Vertrauens ineinander.

Da war kein Ich, kein Du,
nur Schönheit und Nähe
und ein zarter Zauber,
der uns spüren ließ,
daß unsere Seelen
derselben Sehnsucht folgen.

Wie von selbst

Im Aufwind
deiner Ausstrahlung
kommt mein Lächeln
wie von selbst,
schwingt sich
von meinen Lippen
in die Lüfte,
breitet sich aus
im ganzen Raum
und wird zu einem
fliegenden Teppich,
auf dem unsere Seelen
sich schwerelos vereinigen.

Der Autor

Hans Kruppa ist einer der meistgelesenen deutschen Lyriker und Erzähler. Er lebt als freier Schriftsteller in Bremen.
Seine Gedichte und Märchen, Erzählungen und Romane, Aphorismen und Kurzgeschichten hat er in mehr als sechzig Büchern mit einer Gesamtauflage von über 1,5 Millionen veröffentlicht. Einige seiner Bücher wurden in andere Sprachen übersetzt.

»Er vermittelt durch seine Arbeiten Hoffnung, Lebensbewältigung, Kraft. Und das macht ihn so wichtig.«

Passauer Neue Presse

»In seinen Gedichten erweist sich Hans Kruppa einmal mehr als unangefochtener Meister der Liebeslyrik.«

Stuttgarter Nachrichten

»Hans Kruppa ist einer der bekanntesten und wohl auch besten deutschsprachigen Märchenautoren.«

Deutscher Depeschen Dienst

Eine Auswahl seiner Bücher:

Nur für Dich. Gedichte. 1983
Das Zauberbuch. Ein Märchen. 1987
Kaito. Ein Märchen. 1988
In Deiner Nähe. Liebesgedichte. 1991
Die Legende von Tay Manka. Ein Märchen. 1993
Delphine. Roman. 1996
Der Wunschkristall. Ein Märchen. 1998
Amanda und das Zauberbuch. Ein Märchen. 1999
Nur Du. Liebesgedichte. 2000
Für immer Du. Liebesgedichte. 2001
Zauber der Seele. Gedichte. 2002

Mehr Informationen über den Autor im Internet:
www.hans-kruppa.de